Lucile Walter - Yolande Ruffenach-Jung

Le championnat de Sorcières

D'Hexe Concours

I.D. l'Édition

La petite sorcière Mocho traînait ses jupons poussiéreux le long de la Doller presque à sec. Elle s'ennuyait terriblement. Le débit faible de la rivière découvrait son lit de gros cailloux gris et bleutés. Pas même une petite truite avec laquelle jouer des griffes. Contrariée, chapeau pointu enfoncé sur la tête et menton bas, Mocho donna un petit coup de bottine marron dans un galet difforme qui se trouva projeté au loin. La jupe de la petite sorcière se souleva légèrement dévoilant des collants bariolés vert et blanc. Le caillou, qui rêvait d'être rond et de faire le tour de la Terre, se mit à espérer : il allait enfin voyager. Hélas, la sorcière ronchonne n'avait pas tapé bien fort et la course du petit galet gris s'arrêta à quelques mètres seulement de là, stoppée net contre le tronc d'un vieux frêne. Bong ! Paf ! Le grand arbre élancé se gratta le tronc de ses branches feuillues, laissant apparaître le temps d'une courte respiration un papier jaune cuivré sur son buste.

- Mais qu'est-ce donc que cela ?

Se demanda Mocho, clignant de ses petits yeux en forme de boutons ronds bleu azur. La sorcière intriguée s'approcha, et écarta de ses mains griffues les feuilles de l'arbre pour découvrir le tronc. Une affichette de la taille d'une carte postale y avait été placardée :

Grand Championnat de Sorcières.

4 septembre 2019 à la nuit tombée.

Massif du Petit Ballon.

Mocho dut se rapprocher jusqu'à coller son long nez sur le papier corné pour y lire les petites inscriptions complémentaires en lettres dorées. Cinq épreuves y étaient indiquées : Course en Balai Volant ; Tournoi d'Éloquence ; Créativité et Potion magique ; Concours d'Élégance ; Épreuve de Sortilège. Enchantée, la petite sorcière partit d'un grand éclat de rire, tapa dans ses mains et improvisa quelques pas de danse qui résonnèrent aussitôt sur les galets de la Doller. Quelle idée formidable ! Un concours de sorcières !!!

Grand
champion
-4-

Après avoir souri béatement, Mocho se figea un instant. Elle venait de se rappeler qu'elle n'avait jamais rien gagné de sa vie de sorcière. Elle avait très peu de pouvoirs magiques, et avait même le plus souvent raté les recettes de potion de premier niveau débutant. Enfant, elle avait souvent fait l'école buissonnière, puis n'avait pas retenu grand-chose plus tard des cours particuliers de la Fée Tide. Comment faire alors pour ne pas se ridiculiser lors du grand championnat ? La petite sorcière s'assit un instant les fesses dans l'eau de la rivière, se grattant le menton, concentrée, et tirant de temps à autre sur l'une des mèches de ses cheveux - des fils de laine et de soie de toutes les couleurs -, puis l'idée géniale lui vint comme une évidence. Mais bien sûr ! Le Pépé René ! Lors d'une cueillette aux champignons, Mocho avait rencontré le papa du papa du papa des petits enfants de la grande maison rose du village de Masevaux. Pépé René, avec sa tête ronde comme un O toujours étonné, ses tempes clairsemées et sa moustache chevron poivre, avait toujours dans les yeux - bleus comme un ciel d'été - une bonne farce à préparer. La petite sorcière en était certaine : il saurait la conseiller pour remporter le grand championnat de magie.

Mocho prit ses courtes jambes à son cou et s'en alla demander son aide à René. En route, elle vola une bicyclette pour aller plus vite, et pédala de toutes ses forces dans la vallée en faisant des grands mouvements dans le vent, qui soupirait bruyamment autour d'elle. Le vieil homme accepta immédiatement de lui prêter main et tête fortes. René était toujours très inspiré pour s'amuser et plus encore pour amuser la galerie. Il mit dans la confidence Mamie Margot, qui depuis soixante-dix ans riait toujours la première des blagues du Pépé René, et qui quant à lui était le seul à savoir que Margot possédait un secret rien qu'à elle : toutes les nuits, elle se transformait en marguerite pour aller danser au bal des fleurs.

René se mit vite au travail. La date du quatre septembre était proche et il fallait réfléchir à la première épreuve à venir : la course en balai. Mocho avait toujours été parfaitement incapable de faire voler un balai quelconque. Elle savait à peine s'en servir pour balayer le sol de sa cabane poussiéreuse du bord du lac Sternsee, mais qu'à cela ne tienne, René avait déjà son idée. Il rafistola un vieux balai en paille sur lequel il fixa le moteur pétaradant d'une grosse moto puissante, les ailes plates d'un planeur, et des feux de route afin d'être vu de loin dans les airs pour plus de sûreté. Margot quant à elle repeignit le balai et ses accessoires qui prirent rapidement des allures de bolide de compétition. Elle fit aussi rajouter un klaxon à poire caoutchoutée, au petit pouët sonore. Fier de l'ouvrage et un sourire en coin creusant des fossettes sur ses joues, René présenta à Mocho leur création, bras grands ouverts :

- Hopla ! Démarrage facile, fonctionnement imperturbable par tous les temps, faible consommation, niveau de bruit réduit, fiabilité et entretien peu contraignant !

Le grand jour arriva, et le balai motorisé était prêt.

À la nuit tombée, Mocho tira d'un petit coup sec la corde déclenchant le mécanisme du moteur, et prit son envol. De la vallée au massif, elle rejoignit la ligne de départ de l'épreuve aux côtés de centaines d'autres sorcières de tous âges et de toutes origines. Survolant à grande vitesse les clairières agricoles, les prairies et les bois endormis, les vaches à la robe mouchetée et aux sons de cloches sur les hautes chaumes, les sentiers rocailleux et les paysages en fleurs à peine visibles dans le noir, Mocho domina aisément la compétition et évita tous les obstacles, jets de cailloux, hiboux ensorcelés ou crachats de dragons nains. Elle remporta la première épreuve sans effort. Quel bonheur, un pépé bricoleur !

Vint ensuite immédiatement le Tournoi d'Éloquence.

- *Que peuvent-ils bien attendre de nous ?* Se demandait Mocho tandis qu'elle rejoignait tranquillement les rangs des trente sorcières retenues pour l'étape suivante.

Chacune prit place sur un siège en métal perforé, se faisant face en cercle au sommet du Petit Ballon, sous la lune en croissant d'argent. Une grande sorcière maigre au teint couleur d'olive s'approcha de l'assemblée et, dirigeant une baguette magique vers son long cou fin pour que sa voix gutturale résonne au loin, elle annonça les contraintes de la nouvelle épreuve :

> - *Les participantes ont à présent douze minutes précises pour improviser le plus joli flot d'insultes ininterrompu. Chaque silence entraînera l'élimination immédiate de la sorcière concernée. L'épreuve démarre maintenant.*

Tandis que les regards étaient rivés vers la présentatrice, René en avait profité pour glisser sous le siège de Mocho un assemblage de son cru de pétards et de feux d'artifice d'exception, qui explosèrent tous en même temps dans un bruit assourdissant. Mocho, après avoir très violemment sursauté et poussé des petits cris aigus, le derrière en feu et sautillant sur sa chaise pour éteindre les dernières braises incandescentes, se mit à hurler telle une sirène d'alarme, couvrant de sa voix stridente celles des autres sorcières participantes.

- *Kopfertami. Mordiable, saleté de gargouilleux de tête de quetsche! Grùmmbéreschéledsuppfresser, Judas en bigoudis! Bierbüch! Cuillère à morue, repriseur de trou de chaussette! Planteur d'épinards, àlti nudel, krottefanger, flaschebùtzer! Nettoyeur de pots d'échappement, casseur de jeu! Grippeminaud de truandaille. Lourdaud des Alpes, sac à tabac, corde de potence, tête de veau, chameau, voleur de vin de messe, plante de bitume!...*

Mocho était intarissable. Il fallut s'y mettre à plusieurs sorcières pour la calmer, car les douze minutes étaient depuis longtemps passées. René et Margot, cachés derrière un talus, riaient beaucoup, et Mocho quant à elle remporta cette deuxième épreuve. Quel bonheur, un pépé farceur!

Mocho, enfin maîtrisée, redoutait particulièrement la troisième épreuve, dite de Créativité. La sorcière teinte olive, raide comme un pic apéritif, reprit la parole.
- *Vous disposez d'une heure trente, de chaudrons géants, d'ustensiles en tous genres et de toutes formes, et d'autant d'éléments minéraux, végétaux et animaux que vous trouverez dans le massif et jugerez utiles. À vous de nous surprendre avec la plus créative des potions magiques !*
Mocho déglutit.

- *Oyé, quel charbon…*, soupira-t-elle. Elle ne se rappelait pas avoir jamais réussi le moindre élixir. *Pépé René, vas-tu pouvoir encore m'aider ?* Pensa-t-elle très fort en cherchant le petit homme du regard.

Nom d'une gargouille, pas trace du bonhomme, qui était allé faire un somme. Mocho, pour faire bonne figure, commença à assembler quelques baies sauvages, des têtards frétillants, de la mousse bien verte et humide, des crottes de buses, des pétales d'arnica jaune. Elle jeta le tout dans son chaudron, touillant, maugréant, et rajoutant au hasard de ses découvertes divers ingrédients.

- *Hopla. Un schlouk d'eau pure de Wattwiller, une poignée de myrtilles, une pincée de potasse, de la cardamine des bois, un schtuck de chamois fumé, trois schmoutz de cigogne, quelques poils de lynx...*

Le tout ne sentait pas mauvais. Mocho y rajouta un fond d'eau croupie pour paraître plus crédible. L'épreuve commençait à présent, et le Pépé René n'avait toujours pas pointé le bout de son nez.

Jojotte, la sorcière de Thann, s'avança la première pour présenter sa potion de cancritude. Demain à la cantine de l'école, expliqua-t-elle de son sourire de pimbêche, le breuvage odorant serait versé dans les gamelles des enfants. Quelle fête ce serait alors! Mocho verdissait de jalousie tandis qu'elle écoutait maussade les idées toutes plus tordues les unes que les autres de ses redoutables concurrentes : Potion d'Attrape Loup-Garou, Souffle de Morphée endormant les petites victimes d'une simple haleine fétide, Sirop de Trouillardise à réserver pour ses meilleurs ennemis, Élixir d'Appâte-Nigauds, Philtre de Salodeur pour éloigner à jamais un soupirant envahissant, Potion de Chat Empoté, Bouillon Chope Fée Niasse, et enfin, Décoction de Jambes Légères permettant de remporter à coup sûr le jeu de saute-crapauds. Le tour de Mocho arrivait. Prise de panique, elle sentait des gouttes de sueur perler sous son chapeau.

Ne trouvant comment s'en sortir, la sorcière honteuse s'apprêtait à déclarer forfait quand enfin, le Pépé René fit son apparition soudaine de derrière les fourrés. Mocho, instantanément soulagée, retira un instant son chapeau trempé de sa tête - laissant découvrir quelques secondes à la vue de tous sa crinière de fils de laine et de soie multicolores - et s'épongea le front avant de replacer son couvre-chef au sommet de son crâne.

- *Pas trop tôt*, chuchota-t-elle ingrate, entre ses dents cariées.

Le grand-père, décontracté et l'air malicieux, posa en retour une simple question à Mocho :

- *D'après toi, que redoutent le plus les sorcières ?*

Elle réfléchit. La colère d'un troll ? Les gousses d'ail ? Perdre tous leurs pouvoirs ? Non... Ce que redoutaient par-dessus tout ses congénères, c'était la gentillesse, un horrible concept ! Mocho, qui venait de comprendre, s'empressa de proposer à ses concurrentes de goûter sa Potion de Gentillesse. Après un long silence assourdissant de stupeur générale, toutes, effrayées à l'idée de devenir gentilles, refusèrent à grands cris. Dans un gigantesque brouhaha, chacune désignait sa voisine comme possible cobaye. La confusion était totale et on ne s'entendait plus penser. Il fut impossible de trouver une volontaire pour tester le breuvage, qui ne valait pourtant pas grand-chose. Les sorcières cédèrent alors à Mocho, cette fois encore, la première place dans la course à la victoire.
Quel bonheur, un pépé rusé !

Deux étapes décisives restaient à passer, et seules deux autres sorcières étaient encore dans la compétition aux côtés de Mocho : la Jojotte de Thann, et Mandoline de Wittelsheim. Qui remporterait le concours d'Élégance ?

- *Que faire, Pépé René ? Les sorcières des villes, ces petites prétentieuses, vont encore gagner*, dit-elle désespérée en s'adressant au grand-père.
- *Mocho*, répondit le vieil homme en posant une main douce et assurée sur son épaule, *pour cette épreuve, tu n'as nul besoin de mon aide. Ton talent suffira.*

La petite sorcière le regarda s'éloigner, puis observa son reflet dans une flaque d'eau. Enfant, Mocho s'était si souvent bagarrée avec les autres petites sorcières que ses cheveux avaient été arrachés par poignées. Cela importait peu, car elle avait alors recréé sa chevelure avec des fils de laine de couleurs vives, maintenus sous un chapeau pointu noir. La sorcière recoiffa du bout de ses ongles les pelotes emmêlées, qui formaient une crinière arc-en-ciel autour de son visage. Mocho rattrapa René pour lui quémander l'une de ses chemises rayées. Déchirant de fines bandelettes dans le tissu, elle reprisa en quelques gestes habiles ses jupons brûlés, et confectionna avec les morceaux restants des mitaines raffinées. Ce soir-là, les talents de Mocho ne faisaient aucun doute. À côté d'elle, Jojotte paraissait négligée, tandis que Mandoline était fade dans sa robe noire traditionnelle aux coudes mal reprisés. Mocho, sans aucune aide, obtint la première place du classement. René lui fit un clin d'œil au loin. Quel bonheur, un pépé confiant !

Enfin fut venue l'heure de l'ultime épreuve : le Sortilège! Cette étape consistait à trouver la formule magique qui ouvrirait un coffre de métal rouillé, scellé par un sortilège, d'innombrables chaînes et des cadenas. Seules Mocho et Mandoline étaient encore dans la compétition. La sorcière teinte olive leur adressa ses directives :

- *Vous devrez trouver la formule ouvrant le coffre sans faire usage de votre baguette ni d'aucun accessoire : il vous suffira de prononcer les mots magiques. Chacune devra se concentrer sur le sortilège délivrant le contenant du coffre, sans jamais vous en prendre l'une à l'autre.*

Mandoline, qui le bras levé s'apprêtait à lancer un maléfice de carpe frite qui aurait rendue muette Mocho, rabaissa aussitôt son bras en soupirant déçue.

- *Aucune contrainte de temps,* termina enfin la présentatrice. *L'épreuve et le grand championnat prendront fin dès que l'une de vous aura trouvé la formule exacte. Bonne chance, viel Gliek à toutes les deux!*

Mandoline et Mocho, sans perdre un instant, se mirent à brailler en direction du coffre les formules qu'elles connaissaient.

- Abracadabra ! Sésame ouvre-toi ! Turlututu chapeau pointu! Shazam ! Hocus Pocus ! Sim Sala Bim !!!

Le coffre ne bougeait pas d'un pouce…
Mandoline tenta même de chanter quelques airs pour ensorceler le coffre, et Mocho agacée donna des coups de bottines dans le métal rouillé. Rien à faire, le coffre ne cédait pas. Le jour se lèverait dans deux heures, et avec lui, les premiers randonneurs du massif du Petit Ballon arriveraient.

Las, Mocho s'assit épuisée.

- *C'est fichu*, dit-elle d'une mine déconfite en regardant le coffre maudit. *Jamais je ne gagnerai, je ne suis bonne à rien.*

Le Pépé René s'approcha d'elle et lui dit d'un ton résolu :

- *N'abandonne pas Mocho, ne renonce à rien. Réessaie, encore et encore, même si le doute s'empare de toi. Repose-toi si tu veux, mais n'abandonne jamais.*

La petite sorcière, des larmes de fatigue aussi bien que de gratitude ruisselant sur les joues, releva la tête un instant, et souffla d'une voix à peine audible :

- *Merci beaucoup, Pépé René. Merci Vielmos.*

Soudain, dans un cliquetis de ferraille, les chaînes et cadenas s'évanouirent dans les airs, et le coffre s'ouvrit enfin, dévoilant dans son écrin une coupe brillant de mille feux sous les yeux ébahis de Mocho. Elle avait prononcé les mots magiques : *Merci Vielmos.*
Quel bonheur, un pépé obstiné !

La petite sorcière, heureuse comme le jour où elle avait reçu son premier chapeau, se pencha vers le coffre et prit délicatement la coupe dans ses mains, qu'elle leva triomphante au-dessus de sa tête. Une pluie d'étoiles filantes jaillit alors, striant la voûte céleste. Mocho avait remporté le grand championnat.

- *Moi, Mocho, la plus fortiche des sorcières !* Se répétait-elle comblée. *J'ai gagné, nom d'une gargouille ! Gagné, gagné, gagné !*

Un gigantesque sourire fendait son visage, tandis que les applaudissements des autres sorcières et les houhou des chouettes résonnaient dans les montagnes et vallées jusqu'à mille lieues de là. Et si la petite Mocho n'était peut-être pas si fortiche que ça, du moins pas en magie, le Pépé René en revanche, qui lui avait permis de décrocher sa victoire, le bricoleur, le farceur, le rusé, le confiant et l'obstiné grand-père, était, incontestablement, le meilleur des pépés…